SATIRE

NOUVELLE

CONTRE

LES FEMMES,

IMITÉE DE JUVENAL.

Du Sieur D. L *****

A PARIS,

Chez CHARLES OSMONT, dans la Grand' Salle du Palais, à l'Ecu de France.

M. DC. XCVIII.

AVEC PRIVILEGE DU ROY.

AU LECTEUR.

’AY trop bonne opinion des DAMES, pour soupçonner qu’elles n’entendront point raillerie sur les injures que Juvenal a dites aux Femmes de son siécle. Celles du nôtre sur qui la Censure pourroit porter coup, verront du moins avec quelque sorte de consolation , qu’elles ne sont point originales dans les vices qu’on leur reproche ; & que leurs défauts sont les défauts de tous les siécles. A l’égard des Femmes de qui la conduite ôte toute prise à la Satire, vraisemblablement elles ne prendront point parti dans une querelle qui ne les regarde point, au contraire elles joüiront du plaisir secret de voir celles qui font la honte de leur Sexe, exposées au Ridicule qui suit nécessairement le vice.

Il faut pourtant convenir à l’avantage de nos plus fameuses Coquettes, qu’elles n’approchent pas des emportemens de certaines Ecervelées que Juvenal a placées dans sa Satire ; cela est si vrai, que j’ai été obligé de supprimer quantité d’excés, dont les exemples me manquoient dans ce siécle-cy ; non que je pretende insinuer par là , que tous ceux que j’ai conservez s’y rencontrent, mais ils peuvent s’y rencontrer , il n’y a

point de plus seure prédiction que celle des sottises :
on trouve toûjours des personnes charitables qui met-
tent l'honneur des Prophetes à couvert.

Mais une chose qui fait extrémement d'honneur
aux Femmes d'aujourd'huy , & qui prouve qu'elles
n'ont point herité de la corruption des siécles passez,
c'est l'exacte bienséance qui regne à present dans tous
les Ouvrages d'esprit, où l'on veut que le beau Sexe
prenne interêt ; il n'est donc pas étonnant que j'aye
évité de rendre Juvenal dans toute son acreté, persua-
dé, au point que je le suis, que les DAMES s'offensent
moins des choses qui les attaquent directement : que de
celles qui attaquent la Pudeur ; aussi n'ai-je hazardé
qu'en tremblant, le Portrait de Messaline, quoique j'y
aye attaché un caractere d'indignation, qui sauve en
quelque façon la trop grande vivacité de mes couleurs :
il est bon même quelquefois d'exposer le vice dans
toute sa difformité, pour en dégoûter les personnes
qui pourroient s'en faire une idée moins effraiante.

Au reste, la plus grande de mes hardiesses n'est peut-
étre pas celle d'avoir écrit contre les DAMES, mais
d'avoir osé l'entreprendre aprés un Auteur aussi cele-
bre que Monsieur DESPREAUX. Ainsi n'étant déja que
trop temeraire par cette seule entreprise, je prie le Le-
cteur de ne pas étendre ma temerité plus loin, en fai-
sant des applications malignes de mes Portraits, qui
sont proprement l'Ouvrage de Juvenal, que je n'ai fait
qu'ajuster selon nos manieres ; en effet, si-tôt que les
choses peuvent convenir à mille gens, pourquoy res-
traindre la Critique à un Objet plûtôt qu'à un autre ?
Les Peintures satiriques sont comme des fusées volantes, elui qui conduit l'Artifice, n'a jamais dessein de
blesser personne, cependant la baguette retombe pres-
que toûjours sur quelqu'un.

SATIRE III.

SATIRE III.

CONTRE

LES FEMMES.

IMITÉE DE JUVENAL.

JE ne m'étonne pas que le Sexe trom-
peur,
N'euſt point encor perdu le gouſt de la
Pudeur,
Dans les Siécles Premiers où la Femme
incertaine
N'alloit pas retomber de Gautier chez Davéne.
Quand le Sexe trouvoit ſes plus riches atours
Dans la peau d'un Lion ou dans celle d'un Ours,

D

SATIRE III.

Vous n'étiez point encor les Modes dominantes,
Fontanges, Falbala, Sultanes, Innocentes;
Et ce nom d'Innocente aujourd'huy sans credit,
Convenoit à la Femme, & non pas à l'Habit.
*Dans ces temps fortunés le Glouton L****
Se seroit contenté du plus mince ordinaire,
Une racine cruë avec quelques cerneaux,
Tenoit lieu de nôtre Oille & de nos Fricandeaux,
Et l'on n'assommoit point avec du Pitrepitte
*Un estomac pliant sous le Nectar de Fitte.**
Temps heureux ! où l'Epoux échapé du travail,
Croioit dans sa Moitié trouver tout un Serrail,
Et d'une rocambole armant ses embrassades,
Recevoit des baisers aussi purs que maussades.
O le siecle crasseux ! diroit le beau Licas,
Les Bourgeois Primitifs étoient de plaisants Fats,
Quoy, de ces bonnes gens ai-je bien pû descendre !
Où sont ces Impolis ? je voudrois leur apprendre
Comme on donne l'entorce à l'honneur conjugal,
J'ai mis sur le bon pié plus d'un Mari brutal;
Je sçais apprivoiser Maîtresses & Soubrettes,
Et j'ai mon Franc-baiser chez toutes les Coquettes.
Bon ! Long-temps avant toi plus d'un Blondin suspect,
Pour le lit nuptial sçut perdre le respect;
Apprens, jeune étourdi, que dés le Second Age,
Maint Galant vint frauder les droits du Mariage,
Mais que cet Art fameux de tromper les Maris,
Doit sa perfection, aux Femmes de Paris.

* Fameux
Traitteur.

SATIRE III.

Malgré tout ce qu'on risque en prenant une Femme,
Peux-tu bien, cher Daphnis, briguer l'Epitalame?
Te voilà, cependant à deux doigts de l'hymen,
Quoy, déja de tes mœurs on a fait l'examen!
Et cent sortes d'Achats que l'usage autorise,
Font éclater déja ta prochaine sottise,
Déja l'on a mandé grand & petit cousin,
Enfin tu vas signer le fatal parchemin,
Et moi je n'irois pas, transporté de furie,
Sur l'heure aux Mathurins paier ta Confrairie!
Tu peux d'un joug bizarre être si fort épris,
Quand la corde à present se donne à si bon prix,
Sur tout quand du Pont-neuf l'officieux rivage
T'offre un azile seur contre le Mariage:
Mais si de te noyer tu n'es pas fort tenté,
N'est-il point hors l'Hymen d'amusante Beauté?
L'Opera n'a-t'il plus d'avenantes Bergeres
Propres à moderer tes ardeurs passageres?
Car enfin l'Opera peut passer en ce jour
Pour le Noviciat de la Mere d'Amour,
Mais un abus pareil, à bon droit, t'effarouche:
Tu veux en plein Hymen, cher Daphnis, faire souche?
Adieu donc tous ces vins de Pic & d'Alican
Que maint Collateral t'offroit au jour de l'an,
Adieu ces revenus de Thé, de Chocolate:
Qui voudra desormais semer en terre ingrate?
En vain, nous diras-tu, l'Epouse que je prens
Me tiendra lieu d'amis, de presens, de parens,

SATIRE III.

C'est une bonne enfant nourrie à la campagne,
Qu'en ses moindres propos l'Innocence accompagne.
Nous sommes dans un temps terriblement scabreux,
Où les Lucreces vont rarement deux à deux ;
Je veux que ton Epouse encor simple & sauvage
N'ait abjuré les bois que pour le Mariage:
Mais qui t'assurera que dans ces mêmes bois
Quelque Dieu Chevrepied, quelque pieux Matois
A cette franche Agnés trouvée à sa rencontre,
Sur les plaisirs d'Hymen n'ait point fait quelque montre?
Et d'ailleurs penses-tu, Daphnis, qu'un jeune Cœur
Puisse à Paris long-temps conserver sa candeur ?
Que de pieges pressans, que d'amorces puissantes
Pour y dépaïser les Ames innocentes !
Combien de fois Rodrigue à l'aide de Baron,
A-t'il, à se sentir, forcé plus d'un Tendron ?
Et combien de Balon la gracieuse danse
Met-elle tous les jours d'honneurs hors de cadence?
La femme est une méche aisée à s'allumer ;
Un Acteur dont l'air seul suffiroit pour charmer,
De tendres sentimens renforçant sa manœuvre,
De brute qu'elle étoit, met la Nature en œuvre :
Mais ces Natures là sont un rare morceau,
Le beau Sexe aujourd'hui voit clair dés le berceau,
Tout pousse avant le temps chez ce Sexe si tendre,
Et la seule Vertu s'y fait long-temps attendre.
Le moyen qu'au retour d'un spectacle charmant
Où tout, grace à l'Acteur, se tourne en sentiment,

SATIRE III.

Une Femme qui n'a que Baron dans l'idée,
Des charmes d'un Epoux puiſſe être poſſedée,
Auprés d'un Floridor, auprés d'un Mondori,
Le Mari le plus beau ſent toûjours le Mari.
Ce nom porte avec ſoy quelque choſe de fade,
Quel rapport d'un Epoux avec Alcibiade !
Quel rapport d'un Epoux avec un Andronic !
Par Eux plus d'un Mari s'eſt vû pic & repic,
Et Baron leur prêtant une grace nouvelle,
Les a fait triompher juſques dans la ruelle.
Faut-il donc s'étonner, ſi tant d'écharpes d'or
De cet Acteur naiſſant groſſiſſoient le treſor,
Et ſi, pour reparer des trois Dez l'injuſtice,
Phryné de ſes bijoux luy fit un ſacrifice !
Donne, donne à ta Femme & Collier & Coulant,
Pour aider à paier les faveurs d'un Galant,
Et pour faire admirer dans ta future engeance,
Du Baſque ou de Pecourt la vive reſſemblance.
Tel eſt, mon cher Daphnis, tel eſt le gouſt François :
L'honneur n'eſt même plus l'appanage Bourgeois,
Et trop heureux l'Epoux dont la Femme diſcrette
Daigne bien s'en tenir au métier de Coquette.
Aprés tout, ſiéroit-il, Daphnis, au Tiers état
De vouloir ſur l'honneur faire le delicat,
Quand l'Aſcendant malin du Mariage brave
Bourguemeſtre, Milord, Electeur & Landgrave ;
Mais, pour encourager nos modernes Vulcains,
Remontons de ce pas juſqu'aux plus fiers Romains,

S A T I R E   III.

Auſſi-bien , à propos de conjugale fraude,
*La palme eſt tout acquiſe à la femme de * Claude.*
Ce ſtupide Empereur avoit une Moitié
Belle , jeune , fringante , & de bonne amitié ,
Qui trompant chaque nuit la Garde Imperiale ,
Quittoit à pas de loup la couche nuptiale
Pour aller en des lieux pleins de vilains hazars ,
D'un pennache de cerf couronner les Ceſars ,
Et là comme un plaſtron cette Deſordonnée ,
Soûtenoit tout l'effort d'une lice effrenée ,
Mais ſans rien relâcher de ſes deſirs brûlans ,
Elle mettoit à bout les plus fiers aſſaillans :
Meſſaline perdant tout ſentiment de honte ,
Se plaignoit des vapeurs encore au bout du compte ,
Et juſqu'au lit ſacré la Brutale portoit
Le gouſt, l'infame gouſt des lieux qu'elle hantoit.
Mais, pourquoi ſans raiſon dans des rimes chagrines ,
De toutes nos Moitiez faire des Meſſalines ?
Qu'on demande plûtoſt à ce jeune Seigneur ,
Si ſa Femme n'eſt pas une Femme d'honneur.
Tout beau, défions-nous de ſa reconnoiſſance ,
Ce Comte avant l'Himen étoit court de finance ,
Mais Gendre depuis peu du Caiſſier Agenor ,
Le voilà tout d'un coup enchaſſé dans de l'or ;
C'eſt Luy qui maintenant chomme toutes les modes ,
C'eſt chez Lui que l'on voit les plus belles Pagodes ,
C'eſt Luy dont les jardins triomphent des hivers ,
C'eſt Lui qui mange enfin le premier des pois verds ;

SATIRE III.

Ainsi, devant ces biens à celle qui l'engage,
La Dot de son épouse entraîne son suffrage.
Pourquoi voit-on encor ce riche Financier
Auprés de sa Moitié toûjours s'extasier ?
Si vous penetrez bien les replis de son ame,
C'est la seule Beauté qu'il aime, & non sa Femme.
Si pour elle il s'épuise en bijoux precieux,
C'est qu'il est pour un temps la Dupe de ses yeux ;
Pour preuve de cela, que deux ou trois grosseses
Alterent tant soit peu l'objet de ses caresses,
Monsieur le Financier bien-tost affermera
Quelque Divinité du crû de l'Opera,
Et jettant noblement l'argent par les fenêtres,
Païra seul les dégats faits par cent petits Maîtres ;
Mais tant que durera la fleur de son Printemps,
Sa Femme fixera ses desirs inconstans,
Et verra tous les jours de sa Couche dorée
Un essain de Commis, Enfans de la Livrée,
Qui, pour se faire admettre au plus prochain Traitté,
Viendront tous les matins lui preparer son Thé.
Ainsi donc, diras-tu : Monsieur le Satirique,
Vôtre raisonnement en termes clairs s'explique,
Et ne tend pas à moins qu'à vouloir traverser
Le joug que me voilà sur le point d'embrasser ;
Mais, malgré tous vos soins, rien ne m'en peut distraire ;
Mon choix, de tous les choix, est le meilleur à faire,
Je trouve une Moitié, riche, pleine d'appas,
Et d'un sang qu'Artemon ne desavouëroit pas.

Fort bien, fort bien, Daphnis; tu choisis à merveille;
C'eſt un ſecond Phenix qu'une Femme pareille,
J'aimerois, aprés tout, bien mieux pour mon repos,
La fille d'un Bourgeois que celle d'un Heros.
Loin de moy ces Moitiez fieres de leurs naiſſances,
Qui toûjours chez autruy trouvent des dérogeances;
Et qui ſe prévalant de la race des Dieux,
N'abandonnent jamais le ton imperieux.
Qu'un mary s'émancipe à leur faire careſſe,
On luy demande où ſont ſes titres de Nobleſſe,
On luy fait ſur le rang d'importunes leçons,
On l'accable du poids de cinquante Ecuſſons;
Dans ſes vapeurs d'orgüeil plus d'une Frenetique,
Croit voir dans ſon Mary ſon premier Domeſtique,
Et lors qu'aux gens de Cour elle donne un cadeau,
L'Epoux eſt obligé de manger au Serdeau;
Il faut même ſouvent à ces ſortes de Belles,
Preſenter ſon Placet pour coucher avec Elles.
Mais, de peur d'y manquer, faiſons entrer ici,
Ces Folles qui toûjours ramagent Signor-ſi,
Qui de Veneroni font toute leur étude,
Et pour qui le François eſt un Langage rude,
Chez elle crainte, eſpoir, amour, haine, chagrin,
Tout eſt ſcellé du Sceau du Cavalier Marin,
D'un Laquais inſolent faut-il blâmer l'audace?
Elles lui diſent rage en la Langue du Taſſe,
Et c'eſt dans leur eſprit s'ériger en Bourgeois,
Que d'oſer cageoler ſa Femme en bon François.

Paſſe

SATIRE III.

Passe encor, cher Daphnis, passe pour la Jeunesse,
D'aimer un Baragoin propice à la tendresse ;
Mais peut-on te souffrir, à toy Vieille Patin,
De begayer toûjours un Jargon enfantin.
Hé quoi ! des Florentins le doucereux Langage
Est-il fait pour servir à des gens de ton âge ?
Vainement toutefois ton visage terni
Appelle à son secours le tendre Guarini ;
En vain te pares-tu d'une Langue étrangere,
Tu portes sur ton front ton Extrait Baptistaire.

  Mais laissons au plûtost ce dégoûtant Objet,
Et venons à plein fonds traitter nôtre sujet:
Ou ton but est d'aimer celle à qui tu te lies,
Ou pour te marier, Daphnis, tu te maries,
En ce cas, quel abus, de faire tant de frais !
Pour conclure un Hymen si contraire à la paix :
A quoy bon, pour heurter le goust des Philosophes,
Te faire déplier chez Gautier tant d'étoffes !
Et quelle rage encor d'ordonner un Festin,
Où le tiers de la Dot est en proie à Boursin !

  Autre inconvenient ; si la Foy Conjugale
T'attache à ta Moitié d'une ardeur sans égale,
La Friponne abusant de ta facilité,
Te dictera pour Loy sa seule Volonté.
Fais ton compte, mon Cher, de ne voir pas une Ame,
Si tu n'as demandé l'agrément de ta Femme,
En vain dans ta maison tes plus zelez Amis
Par droit d'ancienneté pretendront estre admis ;

E

SATIRE III.

Madame n'y trouvant rien qui la divertisse ,
Donnera galamment leur Portrait à son Suisse ,
Et toi-même, Daphnis, qui fais tant l'avisé ,
Tu pourras à la porte estre aussi refusé ;
Bien plus, si l'on te sçait un Valet trop fidelle ,
On trouvera moyen de luy chercher querelle :
Mais pourquoy, diras-tu , renvoyer ce Valet !
Dequoy vous plaignez-vous ? qu'a-t'il dit ? qu'a-t'il fait
Qui vous oblige enfin à le mettre à la porte ?
En un mot comme en cent, Monsieur , je veux qu'il sorte.
Que répondre , Daphnis, à ce ton resolu ,
Sinon , George Dandin , vous l'avez bien voulu ,
Il ne te manquera pour comble de misere ,
Que de loger chez toy de ta Moitié la Mere ,
A la moindre vapeur qui les offusquera ,
Chacune à communs frais sur toy s'acharnera ,
Et pour se rafraîchir d'une telle algarade,
Ta Femme encore au bout feindra d'estre malade ,
Il faudra sur le champ appeller Lienard,
Et bien-tost sur ses pas viendra Frere Frappart
Qui dira gravement que Madame est émuë ,
Qu'il faut que son Mari se dérobe à sa vûë ,
Défense à lui d'entrer dans son Appartement ,
Jusqu'à ce qu'Hipocrate en ordonne autrement.
Aprés cela , Dieu sçait , si la Maman habile.
Laissera dans son Lit sa Poulette inutile !
Oüi , parmi tant de gens qui lui font les yeux doux ,
On sçaura bien trouver un supplément d'Epoux.

SATIRE III.

L'on peut se reposer sur les soins de la Mere,
De l'execution d'un si tendre Mistere,
Instruite de tout temps dans le galant Métier,
C'est elle qui planta l'Amour dans son Quartier,
Mais voyant ses attraits tomber en decadence,
Elle fait recevoir sa Fille en survivance.
  Toûjours dans l'Himenée il naît quelque débat,
La Femme à chaque instant vous livre le combat,
Au moment qu'elle couve une amoureuse ligue,
Elle ose à son Mari supposer quelque intrigue;
Ses yeux n'attendent donc que le premier signal
Pour tirer de leur fonds la source d'un canal,
Et lâchant de ses pleurs l'Ecluse accoûtumée,
Elle entend à merveille à faire la Pâmée,
Un Mari pénétré de ses fausses douleurs,
Est souvent assez sot pour s'appliquer ces pleurs,
Mais s'il voioit le fond de cette Ame traîtresse,
Il jugeroit bien-tôt du genre par l'espece.
Tout se découvre enfin, le fameux l'Eveillé,
Ce Laquais si bien pris & si bien découplé,
Par un Epoux sans ordre arrivé de campagne,
Est surpris aux genoux de sa chere Compagne,
Et comment la Moitié trouvée en cet état,
Sortira-t'elle enfin d'un pas si délicat !
Quoy, Madame, un Laquais ! un Laquais, hé bien, qu'est-ce?
N'ose-t'il demander pardon à sa Maîtresse?
Est-ce un crime, Monsieur, & si grand & si noir?
Pauvre Epoux, que l'on force à tout voir sans rien voir!

Casse, dans ta douleur, Glaces & Porcelaines,
Et répans dans Paris de ton Lit les fredaines,
Tu passeras encor pour Bourru, pour jaloux,
C'est ainsi que Madame intitule un Epoux,
Le comble des forfaits & de la perfidie,
Ne sert encor qu'à rendre la Femme plus hardie.
    Mais d'où vient que le vice autrefois peu connu,
Au dernier-periode en nos jours est venu,
C'est le fruit malheureux de la douce abondance,
Que les soins du Monarque ont ramenée en France :
Car enfin dans le temps que nos Peres grossiers
A la frugalité se donnoient tous entiers,
Quand on ne sçavoit point absorber Cens & Rentes,
A force d'Entre-mets, & d'Assiettes volantes,
Quand tout petit Bourgeois, jusques au Procureur,
Des Chars à cloux dorez n'avoit pas la fureur,
Et quand fendant les airs les coëffures des Belles,
N'alloient point faire assaut avec les Hirondelles,
Le Vice en Financier qui craint d'estre taxé,
N'osoit pas s'élever, de peur d'estre abbaissé,
Mais bien-tost la Mollesse au Vice encor timide
Sçût arracher le mors, sçût détacher la bride,
Et le Luxe à son tour infectant nos François,
Vangea le Rhin, la Meuse asservis à nos loix.
C'est le Luxe qui fit la premiere Coquette,
Du Luxe sont sortis Lansquenet & Bassette,
De là maint bail d'Amour à l'Opera conclu,
De là tous les Excez qui se font chez Darlu.

SATIRE III.

Et quelle Femme peut se contenir à Table ,
Au milieu des vapeurs d'une liqueur aimable ,
Quand une fois sa teste est en proye à Bachus ,
Dieu sçait si Cupidon prend bien-tost le dessus.
Quel plaisir de la voir soûtenir vingt razades,
Semer le Concassé , donner sur les Grillades ,
Et rappeller enfin son palais égaré
Par un dernier assaut d'Eaux de l'Isle de Rhé.
Qu'en ces états charmans les Femmes sont jolies ,
Combien n'en doit-on pas attendre de folies ,
Telle a maint Cavalier, prend Perruque & Chapeau ,
Dont la Juppe en répond sur l'heure au Damoiseau.
   Mais est-on plus heureux avec ces Dépensieres ,
Qui pour Traire un Epoux , ont cent douces manieres ,
Pour des Points de Maline à peine le coup part ,
Qu'on recharge aussi-tost pour un nouveau Brocart ,
A peine d'un Epoux ont-elles la parole ,
Pour lever le Fichu, la Steinkerque ou l'Etole ,
Qu'en moins d'un tour de main , cher Daphnis , les voilà
A lui redemander encor le Falbala,
Tantost Madame veut d'autres Tapisseries ,
Et tantost il luy faut troquer ses Pierreries ,
Pour abreger enfin un détail infini ,
Elles épuiseroient d'Otel & Fagnani.
Ce ne sont pas toûjours les Femmes d'importance
A qui l'on voit porter le plus haut la dépense ,
Aujourd'hui la Moitié d'un Commis de trois jours ,
Arbore insolemment l'Hermine & le Velours ,

SATIRE III.

Et Madame Raflon la Belle Procureuſe,
Par ſes airs faſtueux aujourd'hui ſi fameuſe,
Sur ſa Juppe qui peut s'appeller un Lingot,
Aux yeux de tout Paris porte dix fois ſa Dot.
L'Hôtel Raflon ſans ceſſe en proie à des Alteſſes,
Raſſemble des plaiſirs de toutes les eſpeces,
Ce ne ſont que Concerts, qu'Illuminations,
Tournois de Jeu, d'Eſprit, Bals, & Collations ;
Dans ces lieux de plaiſir l'Epoux ne s'offrant gueres,
N'y paſſe tout au plus que pour l'homme d'affaires,
Et s'il oſe peſter contre tout ce fracas,
On l'appelle Bourgeois, Hapelourde, Eſprit bas,
Il n'a du gouſt, dit-on, que pour la Paperaſſe,
Il ne ſçauroit ſouffrir que la Cour le décraſſe,
Mais, Madame, en un mot, vos Ducs, vos Cordons-bleus
Me vont à l'Hôpital traduire avec les Gueux.
Si vous ſçaviez combien vôtre jeu vous décrie.....
Quoi, Monſieur, vous prêchez! hé, trois Points, je vous prie,
Auſſi-bien je n'ai pû dormir toute la nuit,
Du Sermon conjugal voilà quel eſt le fruit,
    Hé que ſeroit-ce donc ſi donnant par mégarde
Dans les tendres panneaux de quelque Babillarde,
Tu t'allois par l'Hymen, Daphnis, ſacrifier
A ces Folles qui font le Lardon d'un Quartier.
C'eſt par elles toûjours qu'on apprend dans le monde
Les bons tours qui ſe font chez la Brune & la Blonde,
Et c'eſt par leur canal que le Public ſçaura
Le produit des Enfans des Vierges d'Opera,

SATIRE III.

Rien n'échape à leur langue, intrigues, broüilleries,
Avantures de Jeu, de Bain, de Tuilleries,
Pour un Epoux, enfin rien n'est plus desolant
Que d'avoir en sa femme un Mercure Galant
Qui ne tarit jamais sur tous les Mariages,
Les Baptêmes, les Morts, les Combats, les Naufrages ;
Mais qui peut concevoir la volubilité,
Dont chaque évenement par le Sexe est conté,
Quand sur la moindre affaire une Femme harangue,
L'Apara ne fait pas plus de feu que sa langue.

   Dieu te preserve encor de ces Objets chagrins,
Qui font un beau matin assigner les Voisins,
Sous ombre que les Chats bourgeois de leurs goutieres
Ne leur ont pas permis de fermer les paupieres ;
Elles voudroient, Daphnis, par de nouvelles loix
Evincer les Matoux de l'empire des Toits ;
En vain le Commissaire en paroles soûmises,
Leur dit qu'il faut laisser les Chats dans leurs franchises.
Par une Politique aisée à concevoir,
Bien-tost leur amour propre en appelle au Miroir.
Voiez, voiez plûtost dit Cloris, en colere,
Si c'est là ma couleur ou mon teint ordinaire,
Voilà ce que les Chats cette nuit m'ont coûté,
Le crime n'est pas moins que de leze-Beauté,
Sur un si beau préxtexte elle auroit le courage
De faire decreter contre le Voisinage,
Ou du moins s'il falloit adherer à ses cris,
Tous les Chats serviroient de Manchon à Cloris.

SATIRE III.

Il nous revient, Daphnis, une autre Extravagante,
Et c'eſt ce qu'à Paris l'on nomme une Sçavante
Femme, qui ſans relâche en ſes moindres diſcours,
Méne en leſſe Patru, Vaugelas & Bouhours ?
Qui de mots ſinguliers faiſant la découverte,
Aux beaux Eſprits du Temps tient toûjours Table ouverte,
C'eſt par ſon entremiſe & ſes doctes travaux
Qu'on a vû ſi long-temps regner le mot de Gros,
C'eſt elle qui prend ſoin d'élever juſqu'au Trône
Le François retourné du moderne Petrone,
C'eſt chez elle qu'on fait les Menagiana,
Et tant de Pots pourris terminez en Ana ;
Malheur à tout Mari dont la Femme compoſe,
On le fait enrager en Vers ainſi qu'en Proſe.
Quand Madame traittant quelque Roman nouveau,
Sur le choix d'un Héros s'agite le cerveau,
Pour peu que le Mari ſe preſente en profane
Dans le temps qu'elle ébauche ou Cirus ou Mandane,
On l'entend s'écrier d'une dolente voix :
Je cherchois un Heros, & je trouve un Bourgeois,
Quoy, Monſieur, ferez-vous toûjours des Diſparates ?
Que ne m'épargnez-vous vos viſites ingrates ;
Dans mon Tome Premier je ne fais que d'entrer,
Et vous vous aviſez, Cruel, de vous montrer,
Apprenez de Cirus qu'en galante coûtume,
On ne ſouffre un Mari qu'au dixiéme Volume,
Voilà combien l'Hymen apprête de chagrins
Aux gens infatuez de quelque Des-jardins.

Mais

SATIRE III.

Mais crois-tu que l'on fasse une meilleure affaire
En chassant aux Ecus d'une laide Heritiere,
Qui pretend qu'un gros bien par Contrat apporté,
Merite les égards qu'on doit à la Beauté.
A force d'étaler son Luxe & sa Dépense,
Elle croit d'un Epoux défier l'indolence,
Et se plaint hautement, lors qu'il ne répond pas
Aux peines qu'elle perd à chercher des appas.
Malheureux, mille fois, le Mari qui se joüe
A cueillir un baiser sur sa gluante joüe,
Ses lévres s'y sentant d'abord enraciner,
Font un ferme propos de n'y plus retourner.

   Comment l'entendent donc nos modernes Coquettes,
Dont tous les agrémens roulent sur leurs Toilettes ?
Pensent-elles toûjours nous fasciner les yeux ?
Quoi, lorsque l'on surprend ces Objets gracieux,
Sur leur Teint rehaussé quelquefois de dix couches,
Opposer à l'instant le contraste des Mouches,
Lors qu'à mainte Philis de qui l'œil l'a blessé,
Un Amant voit le Teint de cent Drogues graissé,
Peut-il bien démêler parmi cet étalage,
Ou si c'est un Ulcere, ou si c'est un Visage ?
Il faut voir cependant quelles sont leurs fureurs,
Quand personne ne mord à leurs piéges flatteurs,
Elles ont parcouru cent fois la grande Allée,
Sans qu'aucune Cervelle en ait parû troublée;
On ne s'est point assez recrié sur leur Air,
Ce Duc en les voyant, a fui comme un éclair?

F

SATIRE III.

C'en est assez pour dire un Volume d'injures
A celle qui prit soin d'ajuster leurs coëffures,
Vous verrez qu'elle doit patir de leurs défauts,
C'est elle qui leur fait trouver le nez si gros ?
Elles voudroient charger une pauvre Soubrette
D'une faute, Daphnis, que la Nature a faite,
On luy jette de rage à la teste ses Plombs,
Poudre, Paste, Pommade, & Pots à Vermillons,
Mouches, Peignes, Miroirs, Eau de Reine d'Hongrie,
Enfin de la Beauté toute l'Artillerie.

    Ont-elles dans l'esprit quelque projet de Bal,
Ce sont des mouvemens à qui rien n'est égal,
Chacune a ses attraits, mesurant son courage,
Pretend de la Carriere emporter l'avantage,
On tient à cet effet un Conseil de Beauté,
Où de donner sa voix chacun a liberté :
Comme Chef du conseil, Monsieur l'Abbé Goguette,
Pour ne point se tromper, consultant sa Lorgnette,
Opine le premier d'un ton plein de douceur,
Qu'il faut charger ses yeux d'un peu plus de langueur.
Madame Muscadin coquette du haut stile,
Bannit de la Coëffure un Crochet indocile,
Enseigne à gourmander l'Impétuosité
D'une Gorge qui flotte avec témérité.
Un jeune Senateur, non des moins-ridicules,
Sur le beau tour des bras propose ses scrupules,
Décide si la Mouche est placée avec art,
Et s'il ne manque point quelque doze de fard.

SATIRE III.

Pour comble d'agrémens, un fameux petit Maître,
Par son bruit éclatant se fait bien-tost connoître,
Et trouve en opinant de l'œil & de la main
Que la Steinkerque joüe un peu trop sur le Sein.
Enfin l'on prend cent fois l'avis de l'Assistance,
Et sur chaque suffrage on hesite, on balance,
Mais on ne s'en tient pas toûjours à ce Scrutin,
Le fidéle Miroir détermine à la fin,
C'est là qu'on adoucit certains yeux trop farouches,
C'est là qu'on s'étudie à bien poser les Mouches,
C'est là que mainte bouche apprend à peu de frais,
A rire sans commettre en rien ses interests,
C'est là qu'en entassant les Crestes sur les Crestes,
Les Femmes d'apresent échaffaudent leurs testes,
Là sur du-Fil-d'Archal plus d'un Bonnet monté,
Allonge des deux tiers une courte Beauté,
Aussi pour bien juger de la Taille des Belles,
Il faudroit défalquer les secours infidéles.
Qu'on tire des Tours blonds, Fontanges & Patins,
Il faudroit les surprendre au lit tous les matins;
Car hors de là souvent la moindre Creature
Devient un vrai Colosse en Coëffure & chaussure.
Aprés cela, Daphnis, ne conclurrons-nous pas
Que le Sexe est trompeur du haut jusques en bas.
J'en appelle témoin mainte & mainte Bigote,
Qui de son Directeur fait toute sa Marote,
Qui sous ombre qu'elle est toûjours dans l'Oraison,
Répand sur le Prochain un doucereux poison;

SATIRE III.

Et menace déja par ses saintes allarmes,
Tout le Calendrier de son Nom & ses Armes.
Entrons dans le Dortoir de la Prude Doris,
Chaque Objet du grand monde y prêche le mépris,
A ses soins scrupuleux pas un endroit n'échape,
Chacun de ses Écrans represente la Trappe,
Elle ne croiroit pas ses gens de bonnes mœurs,
S'ils n'étoient habillez par les Freres Tailleurs,
A l'entendre parler, c'est une chose infame
Que de voir un grand More aux Trousses d'une Dame.
Elle vient de chasser certain Suisse si gros,
Pour avoir refusé de supprimer ses Crocs,
Et qui pourroit chez elle entrer en concurrence
Avec celuy qu'on voit regler sa Conscience ?
N'est-ce pas, n'est-ce pas le Docteur Rubicon,
Qui tient le Gouvernail de toute la maison,
C'est luy qui foudroyant les Excez de la Table,
Ne défend pas pourtant une Chere agréable,
Et décide combien, sans estre criminel,
Un Ragoust peut porter ou de poivre ou de sel,
C'est luy qui d'un Mari trop tendre pour sa Femme,
Retient, de peur d'abus, l'impetueuse flamme
Au moindre mal qui vient troubler son embonpoint,
Tout son pieux Serrail ne dort, ne mange point,
Aussi-tost de voler sirops de Capilaire,
Consommez, Restaurans, Rien ne manque au bon Pere,
Et quelle cruauté de n'oser pas le voir
A chaque heure du jour dans ce charmant Dortoir !

SATIRE III.

Où l'odeur des Parfums chez ces zelez Manœuvres,
Surpasse de beaucoup l'odeur des bonnes Oeuvres.
 Parlerai-je à present de plus d'une Beauté,
Qui veut de l'avenir percer l'Obscurité,
Et qui pour soulager son esprit en détresse,
Court montrer le Pié gauche à la Devineresse.
A voir tant de Porteurs & de Chars se ranger
Autour de la maison que tient la Duverger,
A voir de cent Laquais l'indocile cohorte
Entonner Taupe & Masse à côté de sa porte,
On croiroit tout d'abord que le Logis est fait
Pour tenir les Etats d'un fameux Lansquenet.
Non, non, c'est un endroit où sur la foi des Astres,
La Sibile promet Biens, Grandeurs, ou Desastres,
Et pour quelques écus serrez avidement,
Proméne un Curieux par tout le Firmament,
Mainte Femme y fait faire une celeste épreuve,
Pour obtenir bien-tost un doux Brevet de Veuve,
Tandis qu'au même instant un Tendron curieux,
Pour un Brevet d'Epouse importune les Cieux,
*C'est là que fort souvent C*** vient en colere,*
Pour demander raison du Teint frais de son Pere.
Quoi, les Astres n'ont point, pour vanger cet abus,
Ni Fiévre, ni Transport, ni Colera-Morbus ?
A quoi tient-il encor que cette Vieille Fille,
N'aille à Saint Innocent rejoindre sa Famille,
Et ne mette un beau jour ses Neveux indigens,
Pour trois Aix de sapin à l'abri des Sergens ?

Voilà, mon cher Daphnis, un leger Catalogue,
De ce qui met si fort les sibiles en vogue,
Mais souvent la maison d'une adroite Jobin
Recele les transports de quelque heureux Blondin,
Qui pendant que la Vieille est au Ciel de la Lune,
Cherche au Ciel de Venus à pousser sa fortune,
Et le Beau Sexe alors docile & complaisant,
Laisse là l'Avenir pour joüir du Present.

 Mais j'entens Juvenal en figures pompeuses,
Picquer jusqu'au vif ces Megeres affreuses,
Qui de maint Champignon farcissant des Ragousts,
Se font bien-tost raison d'un incommode Epoux.
Grace au Ciel, s'il nous reste encor des Messalines,
Nôtre siecle à la fin est purgé d'Agrippines.*
Et quel Monstre à LOUIS est en droit d'échaper,
Non, ce n'est plus le temps qu'on se sentoit frapper
D'un Venin trop subtil qui coulant dans les veines,
Faisoit bien-tost vacquer les Fiefs & les Domaines.
Vous pouvez maintenant, Chanoines bien rentez,
Joüer gros Jeu l'Hiver, boire au frais les Estez,
Sans craindre qu'une Niéce, implacable Furie,
Anticipe pour vous la grosse Sonnerie.
Et toy que la Fortune a paitri de ses mains,
Qu'elle a tiré du Corps des La-fleur, des Jasmins,
Toy qu'elle fait tourner fierement sur son Axe,
Florestan, tu n'as plus à craindre qu'une Taxe.

 Pour vous, qui fourageant jadis chez les Maris,
Voulez restituer ce que vous avez pris ;

SATIRE III.

Galans qui vous chargeant d'un Tendron domestique,
Allez à vos Voisins fournir de la Pratique,
Loin de vous détourner d'une bonne Action,
Courage, remplissez vôtre Vocation,
Mais souvenez-vous bien que la Brune & la Blonde
Noieroient pour Doguin tous les Maris du Monde.

FIN.

EXTRAIT DU PRIVILEGE DU ROY.

PAr Lettres Patentes du Roy, données à Paris le septié-
me Janvier 1698. Signées, Par le Roy en son Conseil,
BOUCHER: Il est permis au Sieur D***** de faire
imprimer, vendre & debiter par tel Libraire qu'il voudra choisir, ses Oeuvres, pendant le temps & espace de
huit années entieres & consécutives: Avec défenses à tous
Imprimeurs, Libraires, & autres personnes d'imprimer ledit
Livre, ensemble ou séparément pendant ledit temps, sous
les peines portées par lesdites Lettres de Privilege.

Registré sur le Livre de la Communauté des Imprimeurs &
Libraires de Paris le 21. Janvier 1698.

Signé, P. AUBOUYN, _Syndic._

Ledit Sieur D***** a cedé son droit de Privilege à
Charles Osmont Libraire à Paris, suivant l'accord fait
entre eux.